KB078945

바라만 봐도 닳는 것

바라만 봐도 ——————— 닿는 것

임경규 시집

읽고싶은책

사람의 감정은 물감이다.
언제는 빨갛게 달아오르다가도
이내 새까만 검정색이 된다.

좋게 말하면
빛이 나는 무지개 일 수도
또는
불필요한 변덕일 수도

그런 감정을 가지고 살아가는 모든 이들에게
시(詩)를 통해 위로를 건넨다.

아픔이 잊히도록,
슬픔에 음표를 넣어 노래를 만들 수 있다면 얼마나 좋을까.

인생에서 혼자가 되기 위해 뭉친 우리는
슬픔을 가르고 나오는 열매이다.

슬픔과 고통은
새로운 시작의 전 단계,

사람은 언젠간 혼자가 된다.
새까만 검정처럼.

차례

제1부 ─────────────── 인생은 언제나

바라만 봐도 닳는 것 - 현대시문학 디카시문학상 수상작

세상 천지 무엇조차
누군가에게는 무언의 가치가 있다.
그것을 칭하기를
인생, 세월, 시간이라 말한다.

만인에게 가장 공평한 것은
세상이란 호수처럼 흐르는 시간과도 같다.

맑은 호숫가에 몸을 맡기고
이리저리 흐르게 할지언정
흐르지 않게 할 수 없듯이

나에게 할머니는
나란 존재보다 더 가치가 있다.

호강시켜드리려
삼십 평생 바라만 봤을 뿐인데

어느새 구부러진 허리는
세월의 유수를 짐작케 한다.

내 이마에 나이테가
하나 둘 생길 때마다

오히려 우리 할머니는 닳는 것 같아
나이 먹기 되레 두려워 진다.

금지옥엽 바라만 봐도 닳는
날 키우느라 닳아버린
우리 할머니의 허리.

할머니에 대한
무언의 고마움으로
나도 점점 닳아간다.

조각가의 카타르시스

너를 깎아내려는 사람이 있다.
그는 너를 조각상으로 만들 것이다.

언어의 칼날로 이리저리 깎아버린 탓에
너의 것이 사라지고 있다.

약한 파도에 절벽이 깎이듯
너도 깎이고 있다.

조각가는 몇 번의 손짓으로
너를 조각상으로 만들었다.

구태여 변명하지 않아도
그의 입안에는 그윽한 가시들로 빼곡했고

너의 살갗은 점점 해져가고 있다.
너라는 잔상,

단풍도 낙엽이 되어 땅을 밟는데
조각이 되어 버린 너는
조각가에 의해 두 다리를 잃었다.

작업실 천장에 달린 와이어에 의지한 채
허공을 바라볼 뿐,

곧 조각가의 손짓이 멈추고 말을 할 순 없으나
허공의 잔상은 조각칼의 통증으로 답할 수 있다.

너를 깎아내려는 사람의 조각상이 되어
너는 살아도 죽은 것이고, 죽어도 살아 있다.

그림자로 얼룩진 골목의 허름한 작업실에서
반은 부스러기로, 나머지 반은 잔상으로

어릴 적 크레파스

어릴 적 크레파스는
키가 다 제각각이다.

좋아하는 색과 자주 사용하던 색은
짜리몽땅하고

자주 사용하지 않은 색은
늘씬했다.

인생을 살아가다 보면
좋아하는 것, 이루고 싶은 꿈이 생긴다.

그러다
시간이 흐르면 어릴 적 크레파스처럼
별 볼 일 없어지거나 이루지 못했다.

그러나
짜리몽땅한 크레파스는

수많은 과정을 노력했기에
늘 후회가 없었다.

이 순간도
크레파스의 여정은
끝나지 않았다.

지금도 짧은 다리로
이리저리 움직이고 있으니

키는 더 줄었겠다.

함께

사랑은 모래알
움켜쥐면 쥘수록
흩어져 가는 구름

고이 담아보려 해도
작은 가슴엔 언제나
아쉬움만 가득 찼다.

가까운 듯, 멀어지는 두 걸음

사랑은 독도법,
머물 수 없기에 흐르지.

한걸음 두 걸음이 모여야
떠나지 않고 계속 함께할 수 있다.

봄날의 새순처럼
가슴을 찢고 나오는

감정을 주워 담고
그대를 부른다.

오늘도 점점
앞으로 가는 그대와
떨어지지 않으려
발을 맞추어 본다.

달

저 달이 있기에
밤도 있는 거겠지.

달이 떠야
밤이 찾아오니까

밤이 있기에
저 달도 있는 거겠지.

밤이 와야
달이 빛나니까.

너와 난
밤과 달 일 거야.

무슨 일이 있어도
우린 함께일 테니까.

서로의 존재

달이 나무를 빛나게
나무가 달을 빛나게

서로의 존재가
서로에게 기쁨을 주는 존재이기에
아름다운 풍경이 되었다.

밤하늘에게 달이란
어두운 자신을 밝혀주는 소망이겠지.

아무렴
밤도 빛나고 싶을 테니까.

애월

시월의 어느 날,
애월의 바다를 눈에 담았다.

거센 바다는
마치 나의 마음도
넓을 거란 착각을 주었다.

바다를 눈에 담듯이

그댈 마음속에 담으면
영원히 간직할 수 있을까.

수백 년이 지나도
가치 있는 반 고흐의 그림처럼.

그러해야 했다

삶이 외로워
술 한 잔을 했다.

세상살이 저마다
이상적 생각이 다 다르듯

나는 술잔에 기대 울면
잠시나마 잊히는 외로움이 싫다.

별이 안주가 되는 밤
쏟아지는 별똥별을 보며
나는 아파해야 했다.

밤이슬을 안주 삼아
나는 그러해야 했다.

벽

어두운 밤
마당에 고양이가 운다.

기어코 생각나지 않은
단어들의 조합
퍼즐의 향연

누가 알려주지 않아도
표현할 수 있는 자유

시인은 세상에서 가장 힘든 길
내게는 매번 벽을 넘는 험한 길

마당에 고양이가 우네.

어두운 밤을 벗 삼고

자각몽

수년간 이어온 노력의 결실
집 앞 과수원 나무에 맺힌 사과

이내 되돌이갈 수 없는 장벽
그 앞에 서 있는 존재

얼룩진 도화지,
깨진 아스팔트, 흐린 하늘
결국 총체적 난국

시간이 꽤 지난 후에야 깨닫게 되는
그저 그런 자각몽.

추억을 먹고 산다

화장터 굴뚝에서 새하얀 연기가 피어오른다.
이승의 것을 내버려 두고 떠나는 사람의 마지막 온기.

연기가 서서히 사라지는 순간 정적이 감돈다.
이승의 것, 모두 사라진 지금

추억이 연기처럼 자욱하다.

누구는 추억은 농 구석에 감춰놓은 앨범이라 말했다.
추억도 앨범도 끄집어내는 사람이 있어야 펼쳐지니
추억과 기억은 같아야 한다.

첫사랑의 이름을 잊지 않는 것과
어머니의 김치찌개를 그리워하는 것처럼

생각할수록 멀어지는
추억과 기억,

화장터의 연기가 되기 전에는 알게 되겠지

사람은 추억을 먹고 산다는 걸.

슬픈 것들을 위한

비단,
슬픈 것들은
달의 색에 반하는 밤 일 거야.

밤이 슬퍼도
별이 있기에
오늘도 지나는 거야.

결국
슬픈 것들을 위해
해는 떠나주었던 거야.

잊혀진 향기

그댈 그리면
그대의 일부 그림 되어 나타나겠죠.

그리워하는 시선은
창밖, 유유히 걷는 모자(母子)에게 쏠렸다.

그대 그리운 향기를 찾아
길가에 피어난 모든 꽃을 꺾어도 보았습니다.

이제는 나타나기를
간절히 바라던 어느 날,

그리운 향기가 기억나지 않았습니다.

그리움만 남긴 채로

카페 '웬디의 하루'

가을이 지나고 겨울이 왔다.
눈이 오길 기대했건만 내리는 비를 원망했다.

언덕 위의 카페에선
주황빛 조명을 켜고
창문을 두드리는 비를 품었다.

지붕을 쓰다듬는 빗방울,
하늘에 떠 있는 모난별,

누군가의 눈물로 떨군 아픈손가락.
겨울비가 내리는 곳곳을 찾아 헤매는 소리의 근원,

비에 젖은 조약돌,
그 속을 서 있는 누군가.

내리는 비에
우산 속 두 사람은 사랑에 빠졌고

하늘에선 연과 선이
비처럼 쏟아졌다.

무제(無題)

커다란 짐을 등에 이고
한 걸음 한 걸음 내딛는 삶.

맑은 날의 본 모습은
가식뿐인 위선일까.

봄 하늘은 태양을 이고도
한치 흐트러짐이 없다.

불쑥 내려앉은 하늘에
가슴에 멍이 든 채로
고통을 버텼나.

땅을 기는 개미도
등에 짐을 지고도
일평생 산다지만

갈라진 아스팔트는

끝내 넘을 수 없는
장애물이 됐다.

내 등의 짐이
삭고 삭아 덜어지면
한결 수월해 질까.

누가
나를
이렇게
옭아맸나.

세상은 알려나
그 속에서 흐르고 있으니

달빛, 벗 삼아

세월의 유수는 짐작기도 어려워
흐르는 강물과도 같답니다.

그래서 우리는 방향을 잃은
돛단배 위에 머문답니다.

누군가 내게 물었습니다.
"왜 노를 젓지 않습니까?"

제 대답은 바람을 노 삼아
삶을 여행하는 중이라 말했습니다.

그러다 해가 지고
오후 여섯 시가 일곱 시를 만나는 시점
하늘이 보랗게 물들었습니다.

저의 세월은 그렇게 흐르고
점점 세월의 유수를 따라 흐릅니다.

오늘은 내일을 위한 일부,
오늘 밤은 제게는 전부가 된 일부겠지요.

잔잔한 호숫가 위에 떠있는 돛단배에서
달빛을 벗 삼는 그림자가 되어서 말입니다.

낮이 밤이 된 것처럼

차차 알게 되겠지
낮이 밤이 되는 현상이 밝혀진 것처럼

지금의 불안이
그때의 걱정이
때가 되면 알게 되겠지, 포기하지 않는다면

이윽고
사랑이 그리워
그대 내게 한 말을 곱씹는다.

그대가 그리워
가슴속 그대를 머리로 그려봤다.

다시 사랑하고 싶어.
그대 내게 한 말과 형상을 밤으로 뒤덮는다.

꽃이라면

부는 바람 마다치 않고
지는 석양엔 후회가 없구나.

쏟으며 퍼지는 빗속에도
의미부여 마땅치 않고

내리치는 번개마저
의미 전달 불가하니

피어나는 아지랑이
활짝 피니 꽃이렀다.

피지 말라 부탁하여도
꽃이라면 피어났다.

모험

쓰라린 기억은 상처만 남기고
행복한 기억은 미련을 남긴다.

그 중간지점에 선 후,
이리 갈까 저리 갈까 고민하는
물방울을 보았다.

호수에 투둑 투둑 떨어진 물방울이
호수의 너비를 넓히다 못해
강의 시작점에 다다르다.

바다와 만나는 언저리에서
파도치는 바다를 하염없이
바라보는 누군가 서있다.

수평선 너머 보이는 찰랑이는 파도에
벌써부터 설레어 온다.

하강 기류와 바닷물이 부딪혀 생긴
파도가 게슴츠레 다가오며
인사를 건넸다.

'이제 더 큰 곳으로 모험을 떠나자'
미래의 목표를 꿈꾸며 파도 따라
저 멀리 모험을 떠나본다.

성찰(省察)

사람은 언제 죽을까. 삶의 재미를 느끼지 못할 때가 아
닐까. 그럼 연고도 없이 피어난 야생화가 고개 숙이는 까
닭은 무엇일까. 아마도 바라봐 주는 이가 없어서이지 않
을까. 산고의 고통은 만물을 가리지 않는다. 통증의 근원
지가 사람일지. 꽃씨일지. 짐승일지, 제아무리 똑똑해도
알 수 없는 불변의 법칙이다.

뒷산에 핀 수국을 보아라. 지난주에는 분명히 화려했
으나 오늘은 시들었다. 넝쿨 속 박꽃이 되어라. 온실 속
장미가 아니라도 가시넝쿨 속 박꽃은 가시를 품을 수 있
다. 불변의 법칙, 세상의 이치. 벽에 고정된 못은 빼내도
상처가 아물지 않는다.

삶은 움켜쥐면 쥘수록 흩어지는 모래알,
흘러야 할까 그저 지나가야 할까.

흘러도 흐를 수 없고, 알아도 말할 수 없다.

가시

원래 세상을 살다 보면
친한 사이, 친했던 사이가
더 큰 상처를 준다.

나를 더 잘 아는 척.
나를 다 아는 듯 말하며 뿜는 숨에는
수많은 가시가 존재한다.

정작
위로는 친하지 않을수록 더욱 와닿는 법이다.

잘 모르는 사이일수록
객관적이고, 형식적인 말로
위로를 건넨다.

위로는
주관적이지 않아야 비로소 와닿는다.

형식적인 말의 위로에는 가시가 없다.

무언(無言)

헤아릴 수 없는 무언들이
뼈저린 영하와도 같았다.

헤아린다 하여 헤아릴 수 있었다면
그 추운 날의 재가 되지 않았을 텐데

낙엽이 모두 떨어진 나뭇가지는
재가 되었으면 했었나 보다.

시간이 조금만 더 지났다면
다시 필 새순을 보았을 텐데

재가 되는
선택의 기로에서 조차
누군가의 추위를 생각했을까.

낙엽의 희생으로
오늘이 올 수 있었다.

떠오르는 해오름,

어제가 가고 오늘이 온 것처럼.

새치

어느덧 시간은 흐르고
멈추지 않는 인생 속,
끊임없이 흐르는 호수만이
달궈진 태양을 품는다.

이해하면 할수록
알 수 없는 기분이
시계초처럼 똑딱 지나간다.

지난 후회가 나에게
말을 걸어왔다.

애써 웃어보지만,
썩 유쾌하지는 않았다.

후회를 곱씹으며 갉아먹은 세월도
나를 비웃는지 새치가 늘어간다.

알 수 없는 기분은
한 치 앞도 볼 수 없어 드는 걱정 따위였다.

보이지 않는 불안감에
시도 때원 잊혔다.

이게 결코 중요한 건 아닐 텐데
오늘도 새치만 늘어 간다.

상경(上京)

고향을 떠나는
열차 밖 풍경은 아련했다.

금의환향(錦衣還鄉) 한다는 믿음으로
서울은 내 가슴을 갈라 희망을 심었고

젊음의 열정을 고향에 두고
백지(白紙)가 된 몸뚱어리를 이끌고 도착했다.

뛰는 심장 위에 흐르는 땀,
부푼 꿈 품고 왔기에 돌아갈 수 없다.

편도로 끊은 열차표는
쉬이 돌아가지 않겠다는 의지가 깃들어 있다.

바삐 움직이는 인파(人波) 속에
여정을 녹여 본다.

안개 같은 인파에도
새순은 돋고, 어둡기에 빛난다.

결국
시작과 끝은 언제나 꽃이 피고 진다는 것이다.

백야

달에는 서사가 담겨 있다.
어떨 땐 희고, 어떨 땐 붉은

아마도 그건 별과 별을 이어
완성된 별자리겠지.

할머니는 선과 선이 만나 완성된 축은
사람과 사람을 이을 수 있는 유일한
방법이라고 말씀하셨다.

보이지 않는 선,
사람은 늘 보이지 않는 것들로 슬퍼하지.

달이 뜨면 마을 어귀 죽은 가로등 밑에는
선과 선을 잇는 사람이 있다.

"아마도 그가 보는 하늘은 새하얀 백지 일 거야."
"아마도 그의 시선엔 아무것도 없을 거야."
"바람은 부는 데 느낄 순 없을 거야."

지면에서 얼마 떨어지지 않은

그의 시선엔 한계가 있어
그저 눈금으로 짐작할 수밖에.

그가 그랬듯 나도 그렇다.
흐르는 것인지 날아가는 것인지 모를
구름을 머리 위에 모시고 천천히 따라 걷는다

오늘 밤, 백야가 오려나.
구름이, 하늘이 새하얗다.

검은 원두

검은 원두는 펜촉의 잉크와 같아서
짜면 짤수록 더욱 진한 맛이 난다.

검은 원두는 시인의 펜촉과 같아서
표현력이 풍부할수록 진한 향이 난다.

거기 누구 아무라도 좋으니
내게 검은 원두를 주시오.

원두의 깊은 맛이
결국엔 한편의 작품이거늘

원두에서 아메리카노가 되는
모순 속, 형상이 내비쳤다.

아무라도 좋으니
누구라도 좋으니
검은 원두를 넣어주시오.

끝내 시인의 원두는 검다 못해 그을렸다.

한편의 커피를 완성하기 위해
오늘도 쓰디쓴 하루를 마신다.

생사의 이유

마음 한편
희망만 있다면
무엇인들 못하리.

마음 한편
새순 돋아
꽃이 되면 좋겠네.

비록
시간 지나 시들어도
새순 피고 꽃이 되면
말라비틀어져도 꽃이라네.

꽃은 져도
꽃으로 진다네.

속초에서의

속초 해변에서 바라보는 바다의 끝은
어림잡아 짐작기도 어려웠다.

바다를 보는 시선이 맞닿은 곳에
어림잡아 나의 끝을 정해본다.

거친 파도와 일렁이는 바다에
끝을 정해 놓았다.

쉽게 포기하지 않도록
어림잡아 짐작기도 어려울 만큼

나의 끝은 쉽게 풀리지 않는
문제로 남겨됐다.

정답이 있는 삶은 없기에

미리내*

하늘에 구멍이 뚫려
미리내 강물이 떨어진다.

구멍 뚫린 하늘은
기워내도 또 다른 곳에
구멍이 뚫리기 마련이다.

분명 서울에 오던 비가
언제 개성으로 갔는지
기워내고 또 기워내도
계속 구멍이 뚫린다.

고민해도 또 고민해도
사라지지 않고
또 고민이 생긴다.

어제는 세상 걱정했는데
언제 또 네 걱정을 하는지

기워내도 알 수가 없다.

알아도 기워낼 수 없다.

*미리내는 은하수(銀河水)의 한국 고유어입니다.

꽃말

언젠간 피어나겠지
기다리던 새싹도

이젠
꽃을 피우고 지려하네.

의미 있는
꽃말과 함께

후회

늘 후회를 머금고
살아간다.

안 되는 건 실패인 줄 알았다.

그러나
살다 보니 알았다.
실패란 없다는 걸.

포기만 존재한다는 걸.
우리는 그걸 실패라고 착각한다는 걸

그때는 알지 못했다.

모험가

구름을 뿜으며
유유히 날아가는 비행기를 보면
나도 모르게 답답함이 밀려온다.

저 비행기 속, 사람들은
어디를 향해 저리 날아가는 걸까

왠지 동심 속
다른 세계로 가는 타임머신처럼
신기한 듯 신비하게 쳐다본다.

비행기가 날아간 곳엔
나 이리가오 구름을 흩뿌린다.

구름이 끝나는 지점
내가 생각하는 다른 세계

아마도 나는

다른 세계를 모험하고 싶은
모험가 일지도 모르겠다.

청춘은 그렇다

무한한 아이디어와
그것을 그릴 수 있는
펜을 손에 쥐고도
그릴 수 없는 것이 청춘이다.

펜촉의 잉크가 마르고
주머니 속 실밥이 터져도

손에 쥔 펜이 있기에
미래를 꿈꾼다.

비록
작금의 청춘은 도화지가 없지만,

펜이라도 쥐고 있다면
그걸로 희망은 있다.

청춘은 그렇다.

무채색

내 시는
검은 도화지에 끄적이는 감정이다.

내 시는 무채색이다.
슬픔을 표현하는 검정과
희망을 내포한 흰색이다.

밤하늘에 별을 그려 넣는다 해서
낮이 오진 않는다.

다만
빛나는 별을 그리는 일련의 과정을 거치다 보면
자연스레 밤이 걷힐 뿐

결국
무채색의 감정은 시간이 지나야
서서히 사라진다.

위로

하루가 끝났다는 안도감
오늘도 잘 버텼다.

매일이 시험인 세상
풀어나가야 할 문제가 많다.

정답은 없지만
오늘도 정말로 수고했다.

억지웃음

억지로 웃을 필요 없다.
조금 더 감정에 충실해라.

매섭게 부는 바람과
세차게 쏟는 비에도
노래라 칭하던 너다.

구태여 웃을 필요 없다.
너의 심정은 표정만 봐도 안다.

조금 더 솔직하게
조금 더 구슬프게
그렇게 울어라.

새의 울음처럼
기쁨, 슬픔, 그리움을

아무도 모르게.

변색된 마음

누구나 변색되기 일쑤
밤이든 아침이든
하늘은 늘 변색되어 간다.

변색된 마음 따위엔
흐르는 듯한 하늘도
썩 괜찮았던 날에도
이유는 없다.

변색되어 바라진 마음만이
하루를 넘긴다.

변색된 하늘은
마음을 비유하는 거울과 같다.

이제 겨울이 오려나 보다.

쌀쌀한 날씨가 대변하듯
계절도 변색되기 시작했다.

살다보니 알았다

살지 않았다면 몰랐을 것들을

물음 없는 밤

정적이 흐르는 밤엔
물음 따윈 없다.

오로지
상념과 고민만 있을 뿐

저 별은 알까?
빛나지 않으며, 어두운 곳에서
바라보는 누군가 있다는 걸.

진리

매서운 바람에
갈대가 쓰러지고

작은 입김에
사람이 쓰러진다.

제2부 ——————————————— 슬픈 뒤 아픔

회색도시

회색도시 서울, 누구나 한 번쯤 꿈꿔 본 도시.
큰 도화지에 마음대로 색칠해도 아무도 뭐라 할 사람
이 없지.

달을 삼켜버린 까닭에
전국에서 유일하게 낮과 밤이 같은 곳

맨땅에 헤딩해도 스포츠가 되고
밤하늘에 침 뱉어도 별 또는 달이 되는 곳.

지방에 사는 내게 서울은 그런 곳이다.

신림동, 홍대 골목 곳곳에 새겨진
화가들의 낙서는 어느샌가 그래비티라는 미술의 한 장
르가 됐다.

아무도 몰라줘도
젊음의 고생을 용기로 쳐주는 섬.

내가 사는 곳과는 가깝고도 멀어서
우주선을 타야지만 착륙할 수 있는 다른 행성.

내가 생각하는 서울은 그런 곳이다.

우유니 사막엔 모래가 없다는 이상한 말에도
회색도시의 한 모험가는 사막으로 떠났고,
내가 사는 곳에선 우유니 사막엔 모래가 있다고 한다.

나도 우주선을 타고 회색도시로 가야겠다.

회색도시의 모험가에게로

착각의 밤

매일 착각의 밤을 지난다.
어릴 적 학교에서 적은 장래희망은 착각이었다.

조약돌을 집어 쌓는다 하여
사람들은 그것을 탑이라 부르지 않았다.

버스에서 만난 이성이 나를 쳐다봤다고 해서
그것을 사랑이라 부르지도 않았다.

착각의 밤,
차가운 공기에 착각을 불어 넣고

이내 별들의 전쟁이 시작됐다.
새벽을 깨우는 자명종.

구름이 걷히고 모습을 드러낸
새벽녘 불빛과 수많은 착각들을 뒤로해야 했다.

그리고 잠들지 못한 새벽,
안갯속을 유유히 걸었다.

가슴에 희망을 품고.

떠나소서

애써 부정하며 여기까지 왔습니다.
나의 사랑을 부정하면서까지
그대 떠나길 바랐습니다.

그대 한없이 주는 사랑이
내겐 과분했습니다.

나에게 그댄 가질 수 없는
별 과도 같았습니다.

차마 그대 놓아 줄 자신이 없어
그대가 내가 싫어져 놓길 바랐습니다.

그대 행복만 해도 모자란 사람인 걸 알기에
그대 떠난 지금 나 홀로 아프길 바라봅니다.

끝없는 사랑 주지 못한 나는
그대에게 아픈 손가락이었습니다.

날 떠나 부디
만개하는 꽃들 사이, 화려한 장미가 되어
활짝 피길 뒤에서 바라봅니다.

사랑했던 기억, 아픈 추억
모두 내가 안고 가겠습니다.

그대 대신 아픈 내가
아름다울 수 있게
그대 나를 떠나소서.

언저리

머릿속에 가득 찬 언저리들이
하나의 문장이 되어 속삭인다.

허무맹랑한 문장의 꼬리,
셀 수 없을 정도로 어질러진 뇌의 배설.

고뇌를 양분 삼아 잉태된 문장을 세어본다.
그러나 손가락 개수만큼 정해진 답,

모든 문제는 내리막길 위의 자전거.
브레이크가 없으면 멈출 수 없지.

시간이 지나야 끄집어낼 수 있는 기억은
가속이 붙어 점차 시력 판의 점으로 변해갔다.

뇌를 찌푸려야 생각나는 문장의 향연
시가 될지 소설이 될지 아무도 모른다.

문장의 언저리
호숫가에 반짝이는 물비늘은 해와 호수의 창작

언제쯤 머릿속을 가득 메운 언저리들이 사라질까.
아니 사라질 수 있을까.

빛나던 호수는 눈을 감았고
물비늘의 몸동작은 어두운 그림자가 됐다.

헤아릴 수 없는 문장들과 함께

찔레꽃

무릇 여름이란
이내 많은 것을 내포한 계절이다.

봄의 기운을 받고 자라난 여름은
해가 중천이 돼서야 비로소 존재감을 드러낸다.

더위에 약한 나는
여름을 피해 이윽고 숨고 또 숨어
예정에도 없던 도서관을 방문한 적이 있다.

피할 수 없는 운명을 받아들이기 싫었던 걸까.

애석하게도 창문 밖,
피어난 찔레꽃은 뜨거운 바람에도 발을 떼지 않았다.

같이 들어왔으면 좋았을 텐데.
아쉬움을 뒤로하고 돌아서야 했다.

어떠한 이변에도 한결같이 자리를 지키는
찔레꽃의 모습은 나와는 상반됐다.

누구는 동쪽에서 뜨는 해를 담고
또 누군가는 서쪽으로 지는 해를 담는 것처럼.

블랙박스

내 눈에 그댈 담아 놓았다.

혹시나 그대 없어
보고 싶을 때

언제라도 꺼내 볼 수 있게

별이 된 그대

잊어 잊어 잊어야 한다면,
그대 생전 좋은 기억만 남기리다.

잊혀 잊혀 잊혀야 한다면,
그대와의 안 좋은 기억 잊히리다.

한 줌 재가 되었다 한들
그대 내게 소중했었기에

그대 떠나가 버린 지금 이 순간
좋은 기억만이 뇌리를 스치리다.

빛 바래 떠나갔건만
이제는 부디 빛이 발해
밤하늘, 별이 되어 주소서.

그대 내 삶에 있었기에 생긴 기억들 모두,
내 잊지 않고 비망록을 적으리다.

노력

노력은 배신하지 않았다.

다만,
나를 시험에 빠트렸다.

마치
내가 실패한 것처럼 보이게

외로이 떠난 모든 이에게

홀로 외로이 떠난 그대
얼굴도 향기도 잊혀 간 그대
덜렁 이름 석 자 남았네.

긴 세월이 지나도
잊히지 않는 건
그대라는 이름 석 자뿐
아무것도 남아 있지 않았네.

큰 후회 있다면
생전 그대 모습 남겨두지 못한 것

작은 바람 있다면
꿈에서라도 그대 한번 보는 것

잊힌 그대 이름만이
내 입가에 맴돈다네.

아픈 손가락

그대와의 추억은 늘 백지장에 수놓인 깜지 같았다.
분명 쓸 건 있지만, 쓰여 지지 않았다.

그대는 내가 15살이 되던 해
아주 멀리 떠나버렸다.

사람의 꼬리는 길어서
늘 추억을 달고 다닌다던데

그대와의 추억은
분명 머릿속엔 존재하고 있지만, 꺼내어 볼 수 없었다.

아마도,
그대가 떠나면서 기억도 함께 떠난 것 같다.
내가 아프지 않도록

그대가 그리워
그림이었으면 좋겠다고 생각한 적 있다.

애써 노력하지 않아도
언제라도 바라볼 수 있게

그대가 좋아하던
파스텔톤 원피스는 아직도 우리 집 농에 그대로 있다.

별로 수놓인 어느 밤
그중, 눈에 띄는 모난 별 하나,

그리고 누군가의
눈물로 동떨어진 아픈 손가락.

"그대 나 잘 살고 있어요"

거센 바람에 휘청이고 있지만
그대를 그리워했다.

산 것과 죽은 것의 차이

하늘과 땅의 위치를 바꿔본다.
지상에서 죽은 것은
하늘로 올라간다는 말이 있듯이,

반대로 생각하니 죽은 것 바로 나 자신이었다.
하늘의 관점에서 땅 위를 걷는 사람은 새일까. 아니면
그저 죽은 것일까.
답답함이 궁금증을 이겨버렸다.

호기심 가득한 삶을 살아왔다고 생각했건만,
지금은 그냥 아무것도 모른 체 멍하니 고개를 들고 땅
을 본다.

먹물로 뒤범벅된 세상은 가장 나다운 시간이다.
죽음의 무게, 생사의 고비,
삶을 영위하는데 필요한 모든 것,

아무것도 없는 지금 구멍 난 하늘처럼 무엇인가 쏟아지
고 있다.

혹은 쏘아 올리고 있다.

고해

산기슭에 얽매였던 영혼들이여.
가장 높은 봉우리의 정기를 받아
길게 뻗은 모든 생명들이여.,

가장 먼저 일출을 보고
가장 늦게 일몰을 보며

산기슭의 불빛은
낮과 밤이 교차할 때마다 웅장하게 그리고 고요하게
한자리에서 매일 같이 뜨고 지리라.

달의 물음에 답할 수 있는 거리,
태양이 뜨는 걸 바라볼 수 있는 위치.

긴 산자락 끝의 조그마한 마을에서
한 청년이 그 모습을
두 눈에 담으리다.

아무도 모르는 그대들을
누군가 지켜보고 있었더라고

입술을 다물고 고해본다.

유서

심혈을 기울여 쓴 내 글들에게
혹은 가혹하리만큼 얼룩진 내 감정에게

기분 좋은 오늘은
어제가 보낸 선물 내지 내일을 위한 일부.

집 밖에서 나도는
소식들은 궁금하지 않았다.

창밖을 봐도 날씨를 알 수가 없었다.
바람이 부는 것인지, 추운지, 더운지

오늘 밤엔 재가 되어버린 글들과
뭉개진 감정의 장례를 치러야 한다.

골방에 누워 생각한답시고 쳐다본 천장은 지금의 나에
겐 세상에서 가장 높은 곳이지. 재미없는 하루를 마치고
형광등의 스위치를 내린다. 선택적 불면증, 할 일이 산더

미인 사람들은 부럽다고 말했지만, 정작 그들의 감정은
잠들어 있다.

  잠들지 않는, 잠들 수 없는
  영면에 빠진 듯한 골방에서
  정리되지 않은 글과 무수한 감정들이 발버둥 친다.

  깊어지는 감정의 골,

  사람들은 그것을 유서라고 불렀다.

그리는 밤

공허한 날, 그림을 그렸다.
그림을 그리기 좋을 것 같아
창고에서 꺼낸 이젤을 들고
이곳저곳 갈라진 마당에 앉았다.

마당에서 흰 도화지에
검은 물감을 칠하는
내가 밤을 그리고 있었다.

눈을 잃었다.
보이지 않는 칠흑에서
비로소 완성되는 그림
그리움이었다.

그리워 그리려 했으나
그리움이 어떻게 생긴지 모른다.

그냥 칠흑 같은 어둠의 밑에서

점점 땅속으로 빨려가는 기분
그리움의 손길이었다.

작품을 완성하기까지
내 눈은 멀었다.

눈이 없는 고양이,
눈이 없는 첫사랑,
눈이 없는 떠난 이,

어렴풋이 기억이 나는 건
떠나간 것들의 등 뒤에선
늘 칠흑 같은 그림자가 매달려 있었다는 것이다.

눈이 멀었다.
그리운 것을 그리려 해봐도
그릴 수 없었다.

어두운 그림자만 생각나고
돌아보라 부르고 싶어도

목에 유리가 박힌 듯
부를 수 없었고, 손을 뻗어 봐도 닿지 않았다.

그림이 완성이 될까.
실패한다면, 그것은 떠나간 것들의 등 뒤에 있던
그림자만 생각나는 이유일 것이다.

그리움은 있을까.
손바닥으로 하늘을 가려도
지워지지 않는 구름처럼.

이제는 그리고 싶다.

떠나간 이가 남긴 칠흑,
그 그림자라도.

이기심

저 달 무얼 위해 떠있나
사람들의 이기심은 하늘을 찌르는데

어둠 드리우니
달은 표적이 됐다.

무얼 위해 빛을 뿜는가
우리의 내면이 어둠인데

오늘따라
별들도 서서히 멀어져 가네.

밤과 달이 있는 한
우리 마음은
여전히 어둠 짙은 바다라네.

붉은 메아리

붉은 메아리로 물든 날,
그토록 원하던 그대의 목소리를
놓아주었다.

그대는
나의 한글 선생님이었다가
또 어쩔 땐 감정을 가르쳐주는
TV 속 여주인공이었다.

인생은 언제나 슬픈 뒤 아프다는 걸
깨달았을 즈음엔
그대의 목소리는
석양과 함께 사라지고 없었다.

뒤늦게 불러도
되돌아오는 건
붉은 메아리뿐,

눈시울도 붉고
노을도 붉던 어느 날,

나는 그대의
목소리를 놓아주었다.

밤하늘로 잘 가라고.

등에 난 가시

등에 난 가시는
오로지 누군가의
손길로만 뽑을 수 있다.

땅이 우글우글 울고
바람에 노루풀은 사각사각 썰려 나간다.

내 앞을 걷는
모르는 사람의 등 뒤에도
뾰족한 가시가 있다.

별빛에도 녹지 않는..

밤이 섭리에 따라
찾아오는 어둠이라면
구름에 갇힌 어둠이라면

등 뒤에 난 가시도

가려지지 않을까

달빛에 가린
별 무리에 저문

오늘도
등 뒤에 가시가 폈다.

가난한 사랑

당신은 늘
가진 게 없어서
해줄 수 있는 게 없다며
미안하다는 말을 입에 달고 살았다.

그런 당신의 입에선
언제나 향기가 났다.

가진 게 없어
좋은 걸 보여줄 수 없다며

대신
사랑한다는
말을 들려주던 당신,

그런 당신은
장미처럼 가시가 돋아 있었다.

가시를 가려야 하는 가난으로 생각했던 당신은
언제나 미안하다는 말을 달고 살았다.

자신이 꽃인 줄도 모르고
가시가 있다는 것만으로

늘 미안함만 품고.

그리운 사람은 언제나 앞에 있다

매일 밤마다 마을 어귀에서
들려오는 소리,

소쩍새의 울음에도
쉬이 추스르지지 않는
감정의 멜로디.
그 누구도 알려주지 않았다.

운하에 갇힌 풀도
제각각 살기 위해 발버둥을 치는데.

보고 싶은 이 있으나,
보고 싶은 마음이 앞섰나.
보이지 않았다.

꼬맹이 시절 잘 따르던 동네 형,
학창 시절 담임선생님,
짝사랑하던 옆집 미영이,

그리운 사람은 늘 내 앞에 있었다.

그들의 등 뒤에서
떠나가는 모습을 지켜보는 건
이제 괜찮다.

한걸음 물러서고
두 걸음 다가서는 법을
늦게나마 깨달았으니

그리운 밤

엄마가 그리운 밤
장롱 속, 옷을 꺼내본다.

아직 남은 채취가
내가 갖고 있는
유일한 흔적이다.

잊지 않아
아직 잊히지 않았다.

밤하늘의 별을
좋아했던 이유는
엄마가 별이 되어서였나.

내게 추억은 감옥과도 같다.
매년 이맘때마다
거기에 갇혀 헤어 나오질 못하니.

누가 공중에 슬픔을 매달았나.
견디는 건
언제나 내 몫인데.

빛나는 슬픔은 슬픔이 아니었기에

숱한 외로움에
그대의 목소리가

달빛처럼
귀를 비춰준다면

견디지 못할
이유가 있을까.

보름달,
두 동강 났어도
슬픔 또한 절반으로 줄었겠다.

그대가 빛난다.
외로움이 더 이상 두렵지 않다.

빛나는 슬픔은
슬픔이라 부르지 않았기에.

제3부 ——————————————— 그리고

괜찮은 생각

좋은 생각
나쁜 생각
구분 짓지 말고

나한테 좋다면
나쁘지 않다면
전부 괜찮은 생각이겠지.

그래서 네 생각이 나나봐.
괜찮은 생각이라서.

어쩌면

어쩌면 비가 와서
네 생각이 나는 걸지도

빗소리를 들으면
너와 나 같이 있는 듯해

네가 있는 곳
내가 있는 곳 다르더라도
비는 우리 위에 쏟아지니까.

그래서 같은 공간인 듯
착각하나봐.

너랑 같이 있고 싶어서.

눈 속에 핀 꽃

지고지순 피어나라.
오죽(烏竹) 조차 오죽하면
60년에 한번 꽃을 피우고 지겠느냐.

강릉의 해변은
점차 사라져도

그대가 남긴 글 속
강릉 바다는
여느 바다보다 풍성하더라.

파도 모래 위에
꽃을 그리니

그대 생각에
오늘 밤 잠은 다 잤노라 생각했다.

스물일곱 송이 낙화하여

땅에 처박히니
그곳에서 그대의 향기 남아돈다.

오늘 밤, 그대의 말마따나
차가운 달의 시선만이
골목골목 가득 메워진다.

이내 겨울밤 서리 찾아오니
죽림(竹林)에는 눈 속 꽃이 피어났다.

비오는 날을 그리워 했다

비오는 저녁에도
그대가 있었다.

어떨 땐 차갑고
어떨 땐 따뜻한

그런 그대는
나를 상념에 빠지게 했다.

비가 그치고 나서야
그대에게서
헤어 나올 수 있었다.

그리고
그대로 하여금
비 오는 날을 그리워하게 했다.

나그네

매일 걷는 길
오늘따라 유난히 성난 소리 들려와

가던 길 멈추고
귀 기울여 보니

나무에 붙은 매미 한 마리
서글프게 노래하네.

그 소리에
지나던 나그네

발걸음을 멈추고
끝까지 들어주고 간다네.

행복

행복이 과거로부터 오듯이
미래의 행동이 때론 과거의 행복이 된다.

현재의 행복은 과거에서 오지만,
앞으로의 행복은 미래에서 시작된다.

아쉬운 밤

그대와 함께하는 밤하늘엔
별도 달도 눈에 보이지 않더라
오롯이 그대 하나 눈에 담을 뿐.

눈동자에 비친 별과 달이
그대와 하나처럼 보였나 보다.

너무 반짝했기에
너무 아름다웠기에.

그대와 함께하는 밤이
내게는 너무나도 짧아 아쉽기만 했다.

Peace

아름다운 야경을
눈에 담을 때
떨어지는 눈물을 아는가.

누군가 평화를 울부짖을 때
두드리는 등에 흐르는 땀을 아는가.

우리는 알고 있다.
평화를 위해
흐르는 눈물의 힘을.

아름다운 야경을
눈에 담을 때
떨어지는 눈물을 아는가.

누군가 평화를 울부짖을 때
두드리는 등에 흐르는 땀을 아는가.

우리는 알고 있다.
평화를 위해
흐르는 눈물의 힘을.

동경(동주를 생각하며)

당신의 시(詩)에선
별들이 노래하는 게 보입니다.

심상으로 적어낸
시어, 하나 하나가

누군가에게 위로가 되는 듯
모두들 빠져있습니다.

슬픈 듯 웃는 시와
기쁜 듯 우는 시는

아직도
제 마음 속 책장에 그대롭니다.

동경하는 당신은
별이 되어 하늘을 수놓았고

그 별들로

그리움을 달래는 저는

당신을 위해 시(詩)를 씁니다.

단칸방(동주를 생각하며)

바다 건너 작은방 안에는
모기가 산다.

책상에 앉은 누군가의 피를 빨기 위한
모기의 새 찬 날개 소리가 귓가에 맴돈다.

피를 갈망하는 모기와 무기력한 사람.
별다른 뒤척임 없이 순순히 피를 내어준다.

언제쯤 어두컴컴한 방을 벗어날 수 있을까.
미래를 생각하는 시간은 사치스럽다.

비단
미래에도 온전한 내가 존재할까
상념에 빠진다.

살아 있다는 것은
끊임없이 생각을 하는 것

생각에 잠긴다. 결과는 없다.
오로지 물음만이 방안을 메워버렸다.

입은 웃고 마음은 울던 날,
산 것은 죽은 것의 생각을 절대로 알 수가 없었다.

그들을 위하여

오늘은 3.1절
기억에서 사라질 때마다
다시 두드리는 메아리여!

그대는 누구이더냐.
모든 만물이 소생하는 시기에
잘도 나타나 나를 깨우는구나.

귀를 기울여도
너의 노랫소리 들리지 않지만.

가슴속으로 파고드는 울분의 외침 소리는
나의 뇌리를 스치는구나.

많은 사람들 울부짖으며
내 앞에 쓰러져 갔지.
나와 너 그리고 우리의 갈 길을 위해

오늘이란 곳에 이르기까지

휘몰아치는 파도 속에 빠지지 않음은
그들이 있었기 때문이리라.

내 모습을 그들의 위치에 놓아본다.
떨며 무서워하는 자, 살려고 아우성치는 자,
그러기에 죽은 사람 바로 나의 모습이었다.

한 방울.. 한 방울.. 떨어지는 핏방울
수많은 사람들이 붉은 피로
한반도를 얼룩지게 했으므로 우리가 살았다.

기억에서 희미하게 사라질 때마다
용솟음치는 메아리여.

대한민국 복되도다.
죽어간 자들이 다 일어나 너를 지키는구나.

희망

어두운 망망대해
돛단배 하나.

이리저리 둘러봐도
어둠뿐이요.

저 수평선 너머 보이는 등대 하나
이리 오라 손짓하네.

세상이 준 선물

세상은 젊음을
공짜로 준 게 아니다.

젊은 시간동안
자기 자신을 설계하라고 준 선물이다.

하루를 살아가는 모든 이에게

힘겨운 하루를 살아간다.
이른 새벽 누군가는 무거운 법전을 들고 가방을 메고
또 누군가는 자신보다 큰 콘크리트 폼을 등에 진다.

현재를 살아가는 각각의 사람들은
언제나 자기 자신만의 방식으로 살아간다.

몸이 힘들지언정 요령 피울 순 없다.
경쟁이 빈번한 사회의 한 축에는
오롯이 땀과 노력만이 성공이란 열매를 맺을 수 있기
때문이다.

매일 새벽 동이 틀 무렵 차가운 지하철 플랫폼에는
여러 서사를 가지고 있는 사람들로 북적인다.

모두의 목적지가 다른 것처럼
삶의 지표와 목표도 제각각이다.

그럼에도 공통된 한 가지가 있다.
인생이라는 책의 하루라는 한 장을 넘긴다는 것.

새삼
해가 뜨고 지는 이유가
궁금해지는 이유는 왜일까.

결실

별이 뜨고 달이 진다.
달이 지고 해가 뜬다.

꽃이 피고 너를 본다.

꽃이 피길 기다린 이유는
그대와 함께한 새순이
결실을 맺어서였을까.

한편의 시

시를 잊은 그대에게
한 편의 시를 써주었다.

한 권의 시집보다는
한 편의 시가 더 가까우니까.

순간

나에게 그 순간이 찾아온다면
나는 그 순간을 즐길 수 있을까.
오히려 부정하진 않을까.

순간이라는 게
어떤 의미일까 생각해보니
종점을 향해가는 버스와 정류장이지 않을까.

기분이 좋은 날. 슬픈 날.

끝내
끝으로 향하는 버스

그리고 막다른 종착역.

가끔은

가끔은
내게 용기가 없었으면

가끔은
내게 꿈이 없었다면

가끔은
내가 평범했더라면

가끔은
포기하면 편할까를 생각했다.

그래도
가꾸면 내 꿈도
가꾸면 내 삶도
가꾸면 내 용기도

가꾸면
모든 게 이뤄지겠지.

것

내가 그대를 사랑한다는 것은
내가 살아 있다는 뜻이다.

그대가 나를 사랑한다는 것은
내가 받은 것 중 가장 큰 것이다.

그러니 잊지 말자
우리는 서로가 서로에게
가장 큰 무엇이라는 것을

꼭짓점

연과 선으로 이어져 완성된 꼭짓점은
사람과 사람을 잇는 유일한 방법,

연을 맺은 사람끼리는
여러 선으로 뒤엉켜 있다.

호수에 떠 있는 오리 한 쌍,

물비늘은 부러운지
빛을 품고 뿜어낸다.

새들은 재잘 재잘 노랠 부르고
연과 선은 호수로 모여들었다.

연과 선은
하나를 잇는 꼭짓점,

잇고 잇는 그런 과정들

더도 말고 소나무처럼만

오늘도 밤이 왔다.
차가운 공기는 언제나 싸늘하다.

대문에 맺힌 이슬은
새벽 그 누구도 다녀가지 않은 증거다.

이슬 맺힌 유리창과
오래된 목재 문은 습기를 머금고 삭는다.

이유야 어떻든 더도 말고 덜도 말고
외로운 대문은 그대로 있다.

소나무는 풍파에
모질었던 바람에
날아가 버린 펜의 방향을 잡아준다.

곧이곧대로 뻗은 이유는
소나무라서 일까

나도 소나무가 되고 싶다.
곧이곧대로.

별의별

저 별 친구도 없는지
매일 혼자더라

그 마음 알아주는 이
그도 혼자더라

생각해 보니
서로가 서로를 알아봐 주는 둘이더라.

지우개

그립다.
너의 행동이

그립다.
너의 모습이

내 속을 떠나간 마음은
정처 없이 떠도는 나그네

이곳, 저곳 날아보고
끝내 되돌아오는 철새.

내 손엔
예전의 추억이 한가득.

이젠 기억뿐인
머릿속엔 지우개 하나.

회상

과거에만 머무르면 깜깜한 앞길만이 펼쳐지는 건지 의아합니다.

때론, 과거의 영광이 앞날을 좌지우지할 맥락이 되는지도 모르겠습니다.

행복은 과거로부터 오듯이, 좋은 기억과 추억들 모두 우리의 과거에 머물러 있습니다.

어젯밤이 까맣더라도 내일 아침은 환한 빛이 드리우겠지요.

설령, 내일 아침도 어둠에 잠식되어 새까맣게 그을리더라도 그리워하겠지요.

저는 어떡해야 할까요.

그저 과거를 회상하지 않고

어제 아침을 그리워하든 내일을 기다리든, 그래야 하는 걸까요.

아니면,

기쁘고 행복했던 기억이 남아 있는 과거에 머물러야 할까요.

답례

밤이 오면 달이 되어줄게.
그래서 너를 비춰줄게.

사랑의 답례로

숨바꼭질

아무것도 보이지 않는 밤.

부끄러움도, 슬픔도, 아픔도 감춰진
지금이 가장 솔직해지는 건 왜일까.

아무것도 보이지 않는 까만 밤,
나라는 존재를 부정하기 위해

그림자도 숨어버렸나.

바라만 봐도 닳는 것

초판 인쇄 2022년 08월 18일
초판 발행 2022년 08월 29일

지은이   임강유
펴낸곳   읽고싶은책 (제2020-000044호)
펴낸이   오세웅
편집   권윤주
디자인   임민정

주소   서울시 관악구 신림로340 르네상스복합쇼핑몰 7층 707-4호
이메일   modubig@naver.com
홈페이지   https://modubig.modoo.at/

※ 누구나 읽고 싶어하는 책을 만드는 도서출판 읽고싶은책
※ 도서출판 읽고싶은책과 함께 할 작가님을 모십니다.
  이메일로 원고 접수받아 검토 후 연락드립니다.
※ 파본은 구입하신 서점에서 교환해 드립니다.
※ 이 책의 저작권은 지은이와 도서출판 읽고싶은책에 있습니다.
  내용의 일부 또는 전부를 무단으로 사용을 금합니다.

책값은 뒤표지에 표기되어 있습니다.
ISBN   979-11-978569-2-1 03810